향기도 毒

향기도 毒

2016년 8월 25일 초판 1쇄 발행
2016년 8월 31일 초판 2쇄 발행

지은이   신 수
펴낸이   손 형 국
펴낸곳   (주)북랩
편집인   선일영   편집   김향인, 권유선, 김예지, 김송이
디자인   이현수, 이정아, 김민하, 윤미리내   제작   박기성, 황동현, 구성우
마케팅   김회란, 박진관, 오선아
출판등록   2004. 12. 1(제2012-000051호)
주소   서울시 금천구 가산디지털 1로 168, 우림라이온스밸리 B동 B113, 114호
홈페이지   www.book.co.kr
전화번호   (02)2026-5777   팩스   (02)2026-5747

ISBN   979-11-5987-180-1 03810(종이책)   979-11-5987-181-8 05810(전자책)

이 도서의 국립중앙도서관 출판예정도서목록(CIP)은 서지정보유통지원시스템 홈페이지(http://seoji.nl.go.kr)와
국가자료공동목록시스템(http://www.nl.go.kr/kolisnet)에서 이용하실 수 있습니다.
(CIP제어번호 : CIP2016019037)

성공한 사람들은 예외없이 기개가 남다르다고 합니다.
어려움에도 꺾이지 않았던 당신의 의기를 책에 담아보지 않으시렵니까?
책으로 펴내고 싶은 원고를 메일(book@book.co.kr)로 보내주세요.
성공출판의 파트너 북랩이 함께하겠습니다.

향기도 毒

신소 지음

북랩 book Lab

Prologue

사랑하는 님께 드리오니
볼품없는 붓일망정
예쁜 꽃봉오리로 보소서.

고난과 절망의 붓자국일랑
고운 비단실 땀땀이
수놓은 꽃자리로 보소서.

목차

향기도
毒

自 序

단 한 명에게
단 한 편이라도
절창이 될 수만 있다면

나 비로소
편한 마음으로
절필하리

그리하지 못한다면
노래하고 노래하다
울고 울다

斷腸이 되면
어차피
침묵하지 않겠는가?

섬진강

산 그림자
품고
품다

산 그림자
흘리고
흘리다

산도
되어보는
섬진강

상사화

그립고
그립다 보면

끓고
끓이다 보면

용암은
저 모습으로도
터지는구나.

줄광대

지상의 슬픔과
천상의 기쁨
사이에 매어져

팽팽하게 떨고 있는
서른세 척 줄을 탄다.

앞걸음질
뒷걸음질
외홍잽이
쌍홍잽이

무릎꿇기
책상다리
앵금뛰기
허궁잽이

갖은 걸음
다 걷지만
굽은 길
갈 줄 몰라

반듯한
줄 위에서
평생을 노거닌다.

누가 나를
광대라 하였는가?

높이 비록 열 척이나
줄 위에 올라서면

만인을 발아래 두고
세상을 희롱하는
천하의 줄광대다.

임금님조차
발아래서
올려보던

땅 위에 발 디디면
막걸리 한 잔에도
서러운 눈물 났던

천하의
줄광대다.

장마 1

밤보다
비 먼저
내리고

비보다
술 먼저
내리는 날

문득 신은
신발에도
푸른 곰팡이

먼저
내려있던
날.

지우기 힘든
곰팡이보다
옛사랑이

먼저
내리는 날

어쩌면
까닭모를
가슴앓이가

더 먼저
내려있던
날.

날들.

장마 2

유행가 가사 속
이별 타령 섞인
하늘 한 조각
창살 틈으로 흘러든다

누룩 향기처럼
눅진하게 스며든다

이런 날은
유행가보다
찡한 것도 없어

빈방에 누워
하염없이
하늘만 바라보다

우울한 술 빛깔로
익은 하늘 한 잔

노래 빈대떡에
들이켜 본다.

밤 버스

고흐를 버린
밤하늘
마구 흐르고

밤하늘 버린
내 삶도
마구 흐르고

고흐를 버린
별들도
마구 흐르고

별들 버린
내 삶도
마구 흐르고

술
따라
마구 흐르고

4호선 지하철

안산 중앙역과 고잔역 사이
녹슬어 가는 선로만 남아

수인선 협궤열차가 사라진
시간의 틈을 잇고 있다.

폐선의 양안에 과거는
청보리 이삭으로 피어나며

유채는 노랑나비 날개로
빈 술병 같은 오늘을 지우고

하찮았으면 더 좋았을
전철 안 무가지의 사랑 이야기를 따라간다.

졸다 깨다 내릴 곳을 지나쳐
오이도 종점까지 와버린

새까만 개펄은
별빛 하나 남기지 않는 블랙홀

발가락 사이로
흔적없이 빠지는 뻘밭에

너무 늦게 얻어지는
깨달음처럼

그나마 한 줌의 추억을
문신하고 싶어지면

봄비에 벚꽃 지는 날
나는 4호선 지하철을 탄다.

한주호

당신은 바다에
지지 않았습니다.

당신은 우리들
눈물의 바다에 진
한 장 붉은 꽃잎이었습니다.

이제 그 꽃잎
내 나라에 바치고 싶은
한 방울의 붉은 피가 되어
내 몸 구석구석을 흐릅니다.

당신
우리 모두의 아들
당신
우리 모두의 아버지

당신은 바다에
지지 않았습니다.

당신은 우리들
넋의 바다에 져
우리들의 넋이 되었습니다.

우리들 넋의 바다에
꺼지지 않고 타오를
한 줄기 혼불이 되었습니다.

그 혼불 아침마다
수평선을 뚫고 솟아오를
한 줄기 빛이 되었습니다.

당신은 결단코
바다에 지지 않았습니다.
당신은 마침내
스스로 바다가 되고 말았습니다.

법고

살도 피도 뼈까지도
사바에 공양하고
모습마저 잃은
가죽만 남았어도

다하지 못한
닦음이런가
아직도 공양은 남아

소리 바쳐 울림은
산사를 감돌아
메아리 되새기느니
시방세계에

본디
내 함성의 어머니는
싱그런 초원 내달리던
아우성과 발굽소리

이제는
고즈넉한 북통 속에
갇히매 아득하여

번뇌는 백 여덟 번
뒷산에 걸린
해처럼 잦아들고

강고한 북채로
두들겨 맞는 아픔도

한 가닥 잿빛
장삼 자락에 안겨
차라리 포근하였다.

용설란

너는
차가운 수액에조차
사막의 불을 품었었구나.

오늘도 너의
증류된 분신
테킬라를 마시면
붉으디 붉은 체액은
투명하게 휘발되어 가고

방부제인 양
몇 톨의 소금과
레몬 한 조각

이렇게 내 몸은
조금씩 미라가 되어 가건만
아직도 꿈꾸는
가슴이 남았나.

나는 늘상
도시의 사막, 그 속에
가시까지 푸르른
용설란이고만 싶다.

언덕에 서서

태안반도 끝머리 신두리 가면
수백만 년 지는 해들 별들
안아주는 바다가 있다.

그 해들 별들
파도에 씻기고 밀려와
모래언덕 이루고

바람보다 바다 물결보다
더 오래 서 있었을 법한
하얀 솜털 날리는 삐비꽃 무성한데

태안반도 끝머리 신두리 가면
해돋이 해넘이
노을보다 붉게 타는 해당화
무더기 무더기 피어 있다.

주름살 살마다 갯내음 우러나는
우리들 아버지 어머니
오늘도 한 반백 세월쯤
바다 저 편에 밀쳐두고

낙지 조개 주워
돌아오는 등 뒤에
저녁노을 속이면
그대로 해당화 꽃이 된다.

해삼

누군가 말했다
"해삼을 맨 처음
먹어본 사람보다
용감한 사람은 없을 것이다."

흉측한 몰골이지만 나는
도망칠 능력조차 없어
위험한 순간에 겨우
창자를 토해 놓는 게 고작이다.

물고기들은
내 창자를 일부
뜯어 먹기도 한다.

나에게
평균수명이란 없다
해녀의 눈에 띄는 순간까지가
내 삶의 전부일 뿐

그만 안녕!
먹잇감의 무력한 삶이여
하지만 지금까지 나도
무언가를 먹으며 살아 왔겠지.

풀빛 아우

순하디 순한
김서방 이서방
무덤들처럼

나직나직
엎드린 산 모롱이
치자물 들이기 시작하고

뽀오얀 억새 깃
한 자락 가을 햇빛에
스며든다.

대여섯 뼘
아래엔
구절초 향기

비록 날 흐리지만
풀빛 아우
보러 가는 낙안길

아.
가을은 이렇듯
풀빛 가을인 것을

검디마을 누님

사설인지 노래인지 모를
어린 조카들 요즈음 노래에도
춤사위 거침없는
삼대마냥 대차고 기 센 우리 누님

멀리 검디마을
혼자 이사 와선
뒷산에 절하며
외롭게 산다.

오늘은 철없는 우리들
때늦은 내장산 단풍구경 하자고
누님 집에 모두 모여 놀기 바쁘고
날 밝아 죄다
썰물처럼 빠져나가고 나면

찬 소주 부어가며
뜨거운 가슴으로
발보다 시린 발자국 안고
밤 밝힐 내 누님.

가을밤 떨어질 단풍잎들도
그 발자국 고이 덮어줄
내장산 단풍구경
내일이면 우리는 간다.

번데기

다섯 번 깨고
다섯 번 잠자고

예쁜 나방 되어
단 한 번의
날갯짓이고 싶었던

내 다섯 번의 꿈

뜨거운 물에
풀어버리고

순간에 사라지는
별똥별처럼
한 줄기 짧은
올이 되어

너의 옷으로
짜여질 수 있다면

네 영혼의
씨줄과 날줄
한 오라기가 될 수 있다면

볼품없는 내 몸뚱이조차
네 안주가 되어
술잔 안에 헤엄치는
번데기가 되어도 좋다.

거위와 사람

앞집 예쁜
얼룩거위 한 쌍
자나깨나 같이
붙어 다닌다.

어느 날 아침
차에 치인 한 마리
길바닥에 죽어 있었다.

그날 저녁
앞집 아저씨
커다란 거위
털을 뽑고 있었다.

"아니 그건 무슨 거위여요?"
"남은 한 마리
굶어 죽기 전에
하루라도 빨리 잡아야지요."

아, 사람이여!
사람이여!
정말, 사람이여!

드라이 플라워

쏟지 못할 것들
박제된 미련들은

거꾸로 걸려
휘발할 것 없는 색깔에
먼지를 덧칠한다.

흔적만의 것들에
무슨 몸부림을 보태랴

더 이상 추억을
토하지 말자

과거의 향기가
살아 돌아온들
얼마나 미래일 것인가.

바람만 닿아도
조각조각 흩어질
공간의 형태

벚꽃 지는데 1

봄바람
고즈넉하면
향기는 연두

외로움마저
졸음처럼
나른하고

등 뒤에
벚꽃은
꽃보라로 진다.

연꽃

해거름마다
앞산 그림자 품어
네 모습 그리 하였나.

일렁대던 흙탕물도
네 노오란 꽃술 하나
범하지 못하였고

휘몰이 폭풍우도
네 향기 한 점
흩지 못하였다.

차마 꺾지 못해
거두는 손마저
가없이 너이고만 싶은
만다라의 꽃이여.

봄 마흔다섯 번

봄바람으로 흔들리는
그물침대에 누워

희랍인 조르바
한 귀절을 반추하면

화사한 봄날
하루가 또 간다.

그리움이나 설레임이나
아쉬움이나 나른함이나

초록 잔디에 벗꽃잎
꽃비로 점점하고

숨찰 만한 서글픔에는
꼭 그만한 그림자가 있다.

돌멍게

굴껍질 따개비
괭이로 박힌 네 몸에는
바다 또한
굳어서 박혔구나.

아직 살아 있어
슬쩍 비틀린 네 껍질에
소주 한 잔 부어 마시고

맛이 있는 듯 없는 듯
네 속살 한 점

너는 송두리째
바다를 보시하는구나.

고추잠자리

더 이상 땅 위에
내가 머물 곳은
남아 있지 않다.

겨울을 모른다고 하지 말라.
벗어버린 껍질 속에
겨울을 남겨둔 채

짧은 삶은
투명한 빨강으로
결정되었다.

이카루스의 양초가 녹을 때까지
태양을 향해
창공에 비상하는
홍옥의 불꽃.

눈 오는 밤

날 새면 묻힐 것들을
기억하기 위해
눈 내리는 밤
밤 새워 걷는다.

하지만 끝내 남고 마는 것은
추억하고 싶은 것보다
망각하고 싶은 것들이기에

잊고 싶은 것들
기억하고 싶은 것들
기억해야 할 것들을
눈 속에 하나 하나 묻는다.

눈은
눈 안의 세상을 지우고
눈은
눈 밖의 세상에 내린다.

이별

아프지 않을 만한
거리에서 당신을 보낸다.

뒷모습 밟혀 따라가다
더 아프지 않을 만한 거리에서
당신을 다시 보낸다.

끝내는 당신을 보내지 못해
당신 집 문 앞에서 돌아서며
나를 보내고 만다.

섬

등대 없은 섬도
나이 먹으면
뿌리를 허옇게 드러내고

등대지기도
꼭 백발이면 좋을 성싶은
그 섬

미끄럼틀처럼
바다 속으로
나이테를 흘리고 있다.

연을 보내며

욕망의 실
낙화처럼 끊어지고

삶
그 생명의 강인함도
너울너울
혼불 되어 날아갈 뿐

얼레 쥔
무게 없는 손

핏줄 타고 오는
허전함으로

떠남도
연습되어질 수 있는 것을.

도마

가운데가 움푹 파인
아름드리 통도마 두 개
따뜻한 봄날
나란히 해바라기 하고 있다.

뽀오얀 속살. 그러나
칼질 받아 텅 빈 가슴
어머니와 동갑쯤 돼 보이는
통도마 두 개.

여름 배꼽

모태에
기생했던'
생명의
흔적기관

이제는
머리와
엉덩이
사이

욕구를
단절하는
단호한
마침표

하지만
동시에
틈입하고픈
일탈의 키홀

거리
거리마다
싱싱하게
넘쳐난다.

시계

모든 것은 단지
지나갈 뿐이라는 것을 알기에

당신이 누릴 시간에
내가 누릴 시간을

모조리
포개 두고만 싶다.

하루살이

알부터 시방까지
지루했던 삶은

오늘!

해돋이에
날개 말렸고

해넘이에
날개 떨군다.

미련?
날아 보았으니

어차피 천 일도
천 번의 하루

안녕!

내 영혼

내 영혼의
무게 덕에
오늘 아침도 눈을 뜬다.

오천원권
0.89gm×6000=5340gm
만원권
0.94gm×3000=2820gm
오만원권
1gm×600=600gm

단위 오를수록
가벼워지는 무게 따라
몸 또한 하염없이
홀가분하게 붕붕 뜬다

고객님 3000만원
당일 즉시 대출가능
○○캐피탈 ×××팀장.

상환 가능한
내 노동의 객관적 가치

대출 직후 사망시는
내 영혼이 취득하는 불로소득

우화등선의 바코드
3000만원
문자로 뜬다.

너

연초 제조창 뒷골목
엽연초 짙은 향기에
쫓겨 오던 너.

첫눈에도 쫓기다
눈발처럼 황망히
나에게 숨어들던 너

품고 있을래야
품을 수 없었고

보낼래야
보낼 수도
없었던 너.

피할 곳이라고는
너보다도
더 쓸쓸한
내 가슴밖에
없었던 너

그 안에서조차
잊을 만한 첫사랑의 추억과
다투다 결국
사라져 버린 너.

그 모든 너를 나는
가을이라고 부른다.

엉성증

겨울 어느 날
무 하나 깎아보면
배 하나 깎아보면

스펀지처럼
바람들어
푸석푸석하다.

사람도
오래 두다보면
뼛속까지 바람들어
푸석푸석 뼈엉성증

제 뼈 비워서
제 살 먹여 살리다

허물어지는
그날까지
견뎌보는
공기방울들의 축복.

바람으로
화하소서!

30cm

데카당스의
유혹을 가리는
장막의 높이

환희와
허무 사이에
떨리는 직선의 길이

50cm
40cm
30cm

차례로 무너지는
선들을 보면

내 영혼도 육체도
퇴영을 거듭하다

종내는 여인들
몸 안 깊숙이

정자 하나로
환원될 것 같다.

삼십 센티미터
올해 도달한
미니스커트 길이.

정전기

문고리 잡기도
아들 손잡기도
무섭다.

접촉없이 듣기만 하는
귀조차 순해져야
한다는 나이에

제일 접촉 많은
손까지 이 모양으로
찌릿찌릿 쏘아대니

지긋지긋한 증오가
더 지긋지긋한 사랑이
전기가 되어

파르라니
남을 쏘기 전에
저부터 쏘나보다

사람! 나는
제가 만든 전기에
스스로 몸서리치는

깜깜한 바다밑
전기가오리가
돼가고 있나부다.

팝콘

따뜻함과
눌림의 적당함

약간의 뜨거움과
또 그 정도의 눌림

기어이
올 것만 같았던
절정감

참아야 한다는
모순 사이에

풍선의 탈을
쓰고픈 순간

펑! 내던져진
현실의 바다

살을 파고드는
짜디짠 소금 한 톨

행복하였어라.

온몸으로
허공에 부서졌던

그 짧았던
과대망상

허수아비

이제는 새들도
내 어깨 위에 앉아
부리를 닦는다.

비웃지 마라
외로움보다 멸시를
택해보지 않았다면.

에티오피아 딸 완타

메마른 땅도 사랑을 알아
아름다운 너를 낳았다.
대지의 딸 완타야.

멀기만 한 하늘도 희망을 알아
건강한 너를 기른다.
하늘의 딸 완타야.

뜨겁기만 한 태양도 미래를 알아
행복한 내일을 밝힌다
태양의 딸 완타야.

아름답거라
건강하거라
행복하거라.

내 딸 완타야.

파도

물러났다 또 달겨드는
들물과 날물에

스러지는 나 파도는

결국
당신 가슴만

절벽으로
깎아 놓았네요

하나이고 싶어
오직 하나이고 싶어

달겨 들었던
나 파도는!

청여우의 유언

척박한 북방의
모질고 추웠던
삶의 기억마저
송두리째 강탈당하고
털가죽만 남긴다.

목숨 잃을 만한
그 무엇도 가지지 못한
초라하고 때로는 공허한
네 삶은
오히려 또 다른 축복이다.

네 목도리
네 모자
내 체온만큼
더 따뜻하냐?

태종대 자살바위

뭍에 오르지 못한
것들은 바다가 되었다.

뭍에 머물지 못한
것들도 바다가 되었다.

봄날 햇빛
바다에 스몄던 것들.

봄날 눈물
바다였던 것들.

봄날 아지랑이
바다에 머물고 싶었던 것들

두 신발 평생 받치며
묻이었던 것들.

씻기고 떨어지며 부서져
한 점씩 바다가 되었다.

이중섭의 소

가닥가닥 찢기는
장조림 가닥마다

더 이상 눌릴 수 없는
용수철을 품고 살았다

도살장 앞에서 마지막 흘린
눈물로 그린 자화상

나는 단지 한 마리
황소였을 뿐!

장마의 틈 1

우레의 폭포를
이룰지언정

침묵의 바다를
이룰지언정

부딪쳐
부서질 때까지

나는 단 하나의
빗방울이었다.

장마의 틈 2

바람은 전선 틈에서 울고
전선은 바람 틈에서 운다

우울의 틈으로
우울이 내리고

외로움의 틈으로
외로움이 내린다.

비 틈으로
비 내린다.

흘러갈 것들의 틈으로
흘러갈 것들이 내린다.

산사

잠자리가 끌고 온 햇볕
나즈막한 흙담을 넘고

해바라기 하다
길게 졸던 누렁이

후두둑!
소나기 한줄금에
깜짝 놀라 눈을 뜨다

절집 마당에선
개에게도 죽비 내렸으니

흙 내음도
참 아릿하여라.

꽃무릇

나
정말

그러고 싶지
않았는데

마알갛게
솟는 눈물

땅속에
감추고

밤새워
빠알갛게

울고
말았어.

폐선

달빛에
쫓기는

저녁노을
숨어드는

뱃머리
갯벌에 묻고

반쯤 삭은
선복에는

갯강구들만
부산하다.

마장동 우시장

빗방울
소 눈물처럼
오락가락하는 날

머리면 머리
사골이면 사골
곱창이면 곱창

부위별로
도열하고 있는
소들.

비릿한 내음 속에
눈 질끈 감고
우시장 지나

사람
바글바글한
먹자골목

그 커다란 눈
몸뚱이만큼의
서러운 체념을

등골 등심 육회
각 부위별로 나누어
한 접시씩.

청계천변을 걸어 봐도
생과일 팥빙수 생맥주로
씻어 보아도

메슥한
역겨움
가시지 않고

내 등골 등심 치맛살에
온통 낙인이 찍힌 듯
밤새 잠 못 이루다

날만 밝아라
시립 미술관 피카소 전
눈가리고 아웅하는 인간들

부위별로 쪼갰다
재조립해 놓은
그림들이나 사열하러 가자

서글픈
소의
눈으로

성묘

관이 높은 후투티 울음까지
함께 묻은 아버지 무덤 발치 아래
개불 하나 묻고 소주 한 잔 부었다.

돌아서 내려오는 밭이랑엔
때 이른 상추 꽃대궁 하나
꺾인 자리에 하이얀 꽃뜨물 흐른다.

오늘은 후투티 깊고 긴 울음
생채기 아픈 자리 내 가슴 밑바닥에
꽃뜨물로 켜켜이 묻고 돌아선다.

달맞이

올해는 유난히
비많고 홍수지더니
눈물처럼 홍수지더니

내 두 눈에 비치던
해 두 개 사라지고
밤이면 달 되어 비치더니

그 달
사랑에 눈멀어
그나마 한 개만 비치더니

즈믄 개의 강에
비치던 달
하나만큼은 내 것이었는데

이제 그 달
하나마저 물길따라
흘러 가버렸지요.

오늘 밤
마지막 달에 새긴 사랑
달만 바라봅니다.

달님도 울어 남긴
물쏠이 자국, 그 마른
자국만 바라봅니다.

달마의 동굴

이제는 끈마저 없는
무선전화 시대

헤매고 헤매다
어렵사리 찾은
공중전화 부스

언어의 길 비웃는 듯
길을 슬쩍 비켜
올라앉아

폭염의 햇빛으로
아니 구도의 열기로
타오르고 있는
투명한 달마의 동굴

벽의 외로움조차 달래 주려고
달마는 벽만 마주 보았지

달마가 되지 못해
끈이 그리워
휴대전화 밀쳐두고
끈에게 전화를 건다.

딸랑!
반복되는
백원짜리 동전의
금속성 화두

다이얼이 늦었으니
다시 걸어 주십시오

뚜!
뚜!
뚜!
뚜!

소금쟁이

맑은 물 위
아무런 자취없이
살다 가는
소금쟁이

물끄러미
들여다본다.

"호랑이는 죽으면
가죽을 남기고
사람은 죽으면
이름을 남긴다."는데

존 키츠의
묘비명이었지
"물 위에
그 이름을 쓴
시인 여기 잠들다"고

소금쟁이
너야말로
맑은 물 위에

오늘도 끊임없이
물보다 더 맑은
시를 쓰는구나.

반딧불이

내 안의
불이야
태우고 태우다.

몸뚱이까지
새까만
밤이 되었지.

하지만 아직도
어디엔가 있을
너에게

그
무엇이든
되고파.

끊임없이
춤추는
날갯짓마다

이 밤도
차가운
불을 밝힌다.

밤이
지우는
불을

불이
지우는
밤을.

배추벌레

산사 앞 채마밭
배춧잎 한 입
사각사각 먹으면

배춧잎 초록
처마 밑 풍경소리로
속살 비치게
나를 물들이고

나풀나풀
나비 되기 전

밭 매던 비구니
나를 짐짓
잎사귀 뒤켠으로
숨겨 놓으며

하던 혼잣말도
생각이 난다.

"새 무섭다.
올해는 돈오돈수
예쁜 흰나비들
유난히 많이
날아 오겠네."

달맞이꽃

그림자보다
더 짙은
사랑 있었나

초승달에서
그믐달까지

밤마다
달그림자
피워내는 꽃

무더기로 피우니
더욱 외로워

낮달 뜨는 날은
넉 장 꽃잎
야무지게 오므려도

희미한
내 그림자

오히려
달에까지
닿아 있을걸.

봄은 간다

봄은 간다
지하도까지 낭자한 꽃잎
행여 밟을까
그런 발걸음따라
그렇게 간다.

봄은 간다
텃밭 감나무 밑둥에
나이테 하나
두르는 소리로
그렇게 간다.

내 오늘은
따스한 봄볕 아래
잔에 꽃잎 지도록
마시다 잠들리라

또 다른
내 봄을
보내기 위해.

개나리

연두 잎보다
조금 일찍

하늘 밑에
울타리 지어

올리느니 노오란
내 금빛 가난

양귀비

영혼과 육체의
인계선에 핀
짓붉은 꽃

꼭 한나절
봄바람에 하늘대는
독을 감추고.

오동도 동백

봄이 채 오기도 전
천 길 낭떠러지 뛰어내려

짙푸른 파도에
송두리째 몸 던지는
단심이 있었으니

겨우내 붉은
꽃눈으로 견딘
외로움

사랑

벽돌 하나씩
쌓는다.
감옥 벽을

문득
허물어질
때까지

영영
무너지지
않을 것처럼.

운주사 와불

가장 낮은 곳에서
가장 높은 곳만을 우러르던
한 석공이 있어
이룰 수 없는 소망을 조탁했다.

하여 내 몸 떠받치는
대지의 가슴 깊이
용암은 끓고

눈 얹고 비 맞아
천 년의 풍상을 견디며
누워있다고들 말한다.

미륵님 현신하시어
불정토 이루는 그날까지.

스님네들보다 더 가진 것이라곤
빛밖에 없는 이 땅 중생들의
소주보다 투명한 눈물

새벽닭이 울고 먼동이 트기 전
나 이제 벌떡 일어나
사하촌에 내려가
남몰래 닦아주고

서른세 범천에 범종 울리기 전
돌아와 다시 눕는 밤
법열의 눈물은 없어도 좋다.

아픔은 아픔으로 두고
슬픔은 슬픔으로
바램은 한낱 바램으로 머물 뿐

시속의 잔인함을 이제야 알아
새삼 애증을 태우거나
깊게 하랴마는

밤새워 내리는 찬비에
내 눈자위 적실 수만 있다면

차라리 서서
사바를 내려다보는
마애불이나
좌불이 아니어도 좋다.

하늘만을 우러르는 와불
광배도 없이 백호에 산까치의
배설물을 얹고 있을지라도

또다시 몇 겁의 세월로
윤회의 고리를 이어야 한다면
별똥별의 빛이 사라지기 전
사랑하는 내 짝과 함께

어떤 이름없는
종장의 불심을 빌어
한적한 도량
범종의 종신에 비천상으로
돋을새김 되어도 좋으련.

땅콩의 소원

내二等身의 아름다운 몸은
애당초 물과는 인연이 없나봐

생명 유지에는
수분이 필수라는데

배수 잘 되는 사질 토양에서
어렵사리 모은 한 방울의 물까지

너는 나를
뙤약볕에 증발시키는구나

한숨에 실린 한 줄기 증기를 잃어도
나 생명의 끈만은 놓지 않았어.

뜨겁게 볶이면서
비로소 기름으로만 남게 되었지.

너!

세상사에 얼마나 볶였으면
수분을 보충하며 나를 안주로 삼겠어?

환생이 있다면
너 땅콩으로는 태어나지 마.

그래도 억세게 운 없어
땅콩으로 태어난다면

너무 뜨겁게 볶이는
등신불로 보시하지 말고

삶겨진 땅콩의
팔자를 만나길 바래.

나?

돌연변이가 되어 진흙에 묻혀
천 년 지날지언정 때 되면

향기로운 꽃 피우는
연밥이 될래.

학질

이른 봄부터 땅은
겨우내 잠복했던
학질을 앓는다.

매화 산수유
목련 개나리
벚꽃 진달래

온 산과 들
천지에 열꽃은
사흘거리로 피어나고

봄비는 키니네 되어
내 몸뚱이 속속들이 적시건만
신열은 밤새 식을 줄 모른다.

에라! 이 봄.
앓느니
죽자.

소나무

엷은 안개 낀 새벽
소나무 가지를 친다

제 팔다리 다 내주어도
천 년 변치 않을 솔향

마당 가득
비명으로 내지른다

콧등이 시큰
귓가도 먹먹.

개망초

나는 그냥
아무데나 서 있다

달맞이꽃 곁에도
버린 듯 서 있다

모두가 다
버린 풀꽃

그 이름
개망초다.

하지만
가느단 꽃
잎새마다
달빛 부서지고

그림자
더 예쁜
그림 드리우면

달맞이꽃 망초꽃
부럽잖은 무엇
땅은 아는데

버림받은
별 한 개
보일 듯 말 듯
떠있다면

망초보다
순백한 꽃
별들로 피워내며

아무 곁에나
너를 바라고
서 있을 게다

아니 밤마다
땅 위 은하수 이뤄
흘러 갈게다.

숨바꼭질

하늘인 듯 구름인 듯
숨는 듯 마는 듯

구름 이불삼아
잠든 낮달.

벚꽃 지는데 2

어차피
되새김 되는 것의
한 조각이라면

나는
봄바람으로
사라지고 싶다.

연둣빛 향기는
아득하여
졸음처럼 나른한데

지난 봄
졌던 꽃이
후회가 아닐지라도

미련은
아지랭이 같은
과거까지 시샘하고

내년에 필 꽃마저
지레 질 것으로
여기고 만다.

늪

발버둥칠수록
빠지지 않았다면
늪이 아니었으리

가만히 있었다고
빠지지 않았다면
더더욱 늪이 아니었으리

사랑!
진정
늪이 아니었으리

어떤 날

너무 투명해
눈 시린 날

해만 바라보다
눈멀고 만 날.

길 끊기는 곳까지
한없이 걸어

타는 노을 속으로
사라진 날.

아득히 멀리
당신이 있던 날.

수련

청남과
보라와
분홍의
모자이크

물에
비치는 건
해와
솜털구름뿐

물에서 온 나
하늘에
수놓다 가리.

백합

네 순백의 칼날에
내 단심의 피

선홍으로
뿌려도 좋으리

네 향기
추억할 수만 있다면

짧기도 하여라
영원할 수 있는 것은

너
백합의 사랑은.

사랑의 종말

네 안에 나
지우고 싶지 않아
네 안에 나
새기지 않는다.

네 안에 나
꺼내기 싫어
네 안에 나
간직하지 않는다.

네 안에 나
부벼 끄고 싶지 않아
네 안에 나
불 태우지 않는다.

이제 나는
어디에도 없다
내 안에 너만
떠도는 섬으로
남아 있을 뿐

빅토리아 폭포 1

수평선을 만나
드러누울 때까지

하늘의 약속
무지개 그리며

꼿꼿이 선 채로 흐를
너, 천둥의 연기

아프리카의 꿈이여

주) 천둥의 연기: 원주민들이 빅토리아 폭포를 일컫는 말

봉평에서

보름날 밤
메밀꽃 밭에 서면
온갖 무게들은
죄다 흘러내리고

두둥실 두둥실
꽃잎 위로 떠다니는
달빛 같은
삶들.

가오리

춤추며 뛰놀던
바다 같은 하늘에
붙박힌 춤사위

널어 말린 가오리들
살 틈으로 보이는
푸른 하늘.

파도마저 엿보이던
살 사이
푸르른 슬픔이여

삶과 죽음의
그렇게만 느껴지던
시린 가까움이여

아, 정말
그렇게 가까운
아무것도 아님이여.

어느 연변 동포의 동사

이제 배고픔도 추위도
별빛으로 가물거린다.

공원의 싸늘한 돌의자가
내 등으로부터 앗아가는
한 줌의 체온만큼
세상을 따뜻이 덥혀줄
작은 별 하나가 되자.

눈을 떠도 별 하늘
눈을 감아도 별 하늘

아침에 발견된
시신의 두 눈자위에는
별 한 개씩 내려와
투명하게 얼어붙어
있었다고 한다.

마테오 아우 세례에

비로소
마음 깨쳐 여니

하늘도 열려
한울님 오시는 날

즈믄을 두 번
하고 또 두 번

오늘은
성탄의 밤

정결한 흰 눈은
내리지 않지만

외양간에서
골고다 언덕까지

믿음의 길에
흩뿌릴

그대
흰 눈보다 찬연할

빛과
소금일진저

묵호항 까막바위

넌들
바다에 불지르는
해처럼 솟구쳐
뛰어오르고
싶지 않았으랴만

큰바람 소식 오면
고기잡이 나간
지아비 치성드리는

지어미 눈물과
원망스런 파도
온몸으로 받아

네 속마저
까맣게 태우다
재 겹겹이 쌓이고 굳어

포구 지키며
씻기우는
새까만 몸뚱이

흰 점
몇 개
갈매기 떠받치고 서 있다.

조간신문

아직 동트지 않은
깜깜한 겨울 새벽
모든 것이 네 죄인 양
대문 밖에 웅크리고
떨고 있는 너를 집어든다.

온갖 협잡과 위선으로
분장질을 쳐버린
네 뽀얀했을 얼굴
오늘 우리의 얼굴
차라리 순결한 백지로
받고 싶은 너

하지만 찬바람 가르며
한 부 한 부 배달해
또 하루를 살아갈 그 사람의
따뜻한 체온
행여 숨겨져 흐를지 모를
행간 한 줄을 찾아
오늘도 너를 읽는다.

개기 월식

달은 무엇을 하려
부재증명을 꾸미고 있지?

어제도 오늘도
부재증명을 하는 하루

나는 무엇을 하러
평생 부재증명을 꾸몄을까?

아니야
그것은 꾸민 게 아니야

나는 내 삶에
단 한 순간도 나 자신이
틈입해 본 적이 없어

남들이 아니라고
잔인한 사실을 증언하기 전에
다시 달빛이 나타나기 전에

서둘러 날아 올라
아무도 본 적이 없는
달 뒤편으로 숨어야만 해

완벽한 알리바이를 위해

영원할 것 같았던
사랑으로부터, 조차

아유타이 부처

더 이상 허물어질 것이 없을 때
나는 아유타이를 보았다
무너져 내린 부처님 발가락
벽돌 틈새에
한 뼘으로 숨틀어 오르는
망고나무를.

정말 쉬웁자고 하면서도
쉬웁지 못할 때
나는 보았다
300년 동안 부서지다
이제야 푸르른 망고잎 되어
오히려 편안한 와불을

그리고 또
나는 보았다
누가 누구를
온몸으로 공양하고 있는지
알 수는 없으되
전생보다 깊고도 먼
윤회의 끝을

해미 억새

억새는
바다에서
뭍 쪽으로만 눕는다.

갈대도
바다에서
뭍 쪽으로만 눕는다.

바람
바꿀 수 없어
나도 한 켠으로만 눕는가?

내 몸
억새나 갈대처럼
비워가며 눕는가?

마침표

당신 가지신 모든 것
세상에 보시하고
그 몸뚱이가 누렸던
한 뼘 공간까지 내주려
저리 웅크리고 굳어 계신가.

우리 어머니들
마침내 한 점 마침표로
오그라들어 가시는가?

마침표를 쉼표로
만들어 보자고
물리치료사 굳은 팔다리 붙들고
안간힘을 써대는데

"그만 해. 아파. 그만 해."
텅 빈 뼈마디마다
비명의 윤활유를 바른다.

막장의 점심

스물세 살
내 삶의 출발점은
온갖 나무 푸르른

태백산 중턱
해발 760미터

내 고향 동해 바다
해발점 평균고도
0미터를 지나

수직갱 1100미터를
날마다 추락한다.

여기는 지하
해발고도 마이너스 340미터

지열이 덥혀준
김밥을 먹는다

내 삶의
색깔을 먹는다

하지만 한 점
김치에 비치는
화안한 안전등 빛

그 한 가닥을
먹기도 한다.

이발을 하며

자르고 또 잘라도
다시 자람은
하마 머릿결보다 고운
당신 손길
그리운 탓일 겁니다.

이 가을처럼
발밑에 쓸리는
반백의 머리카락
쓸쓸하나 슬프지 않음은

하마 당신 손길보다 고운
당신 정 때문일 겁니다.

사람이 죽어도
머리카락은 하루 이틀
더 자란다고들 합니다.

죽어도 자람은
하마 당신 사랑
죽음 뒤에도
새기고 있기 때문일 겁니다.

빅토리아 폭포 2

너
참으로
어리석구나

하늘로
하늘로
오르지 못할

무지개
다리 놓는
천둥의 연기여

수평선을
만나도
선 채로 흐를

물보다
더 투명한

너
아프리카의 꿈이여.

장마의 틈 2

바람은 전선 틈에서 울고
전선은 바람 틈에서 운다

우울의 틈으로
우울이 내리고

외로움의 틈으로
외로움이 내린다.

비 틈으로
비 내린다.

흘러갈 것들의 틈으로
흘러갈 것들이 내린다.

빅토리아 폭포 3

하지 마라
물처럼
누워 간다고

하지 마라
물처럼
낮게 간다고.

나 항상
꼿꼿이
서서 가리.

가장
높은
곳에서

직립의
우레소리
더불어.

사랑 싸움에 뒤집힌 거북

평생 하늘만을 이고 다녔던
등껍질을 땅에 대고

사막의 뜨거운 낮과 차가운 밤이
여든여덟 번 지나도록

결국 헛수고에 그칠
두 손과 두 발의 버둥거림

짧은 꼬리까지의
필사적인 몸부림 끝에
간밤에 쏟아지던 별빛들이

땅만에 잇대어 기었던
느려터지게 굳은 백 년의 가슴에

창공을 향한
푸르른 창 한 토막을
냈음을 비로소 알았다.

사랑은 이토록 가슴 가운데
헛수고로움으로조차 이토록

치명의 마지막 창을
낼 수 있음을.

칵테일의 시절

한 줌의 비도 되지 못하고
기화해 흔적없는 것들이
오히려 무지개를 빚는다.

군살의 더께로 남은
내 세월의 남루도
한때는 무지개이었을까?

몸에 맞지 않는 옷을
차마 버리지 못하듯
몸뚱이를 벗지 못할 때면

거울 앞에서
그냥 하염없이
샤워를 한다.

세월 같았을 물 더불어
귓바퀴에 고이는
몇 방울의 눈물을
흘려 보낸다.

하지만 칵테일처럼
화려한 시절이 갔다고
영혼이 무지개를 그리지 못하랴?

찬 물 정수리에 맞으며
깨끗이 씻은 내 몸
창공에 걸어둔다.

짚불 곰장어

네 온몸에 평생 새기던
즈믄 겹의 파도는
뜨거운 짚불에
단 한 번의 한숨으로 기화한다.

너보다 하찮을 것 같은
내 영혼은 너를 안주 삼아
소주의 바다에
잠시나마 돈오를 꿈꾸고

네 등신불의 순교
너의 보시는
술상 위에
사리로 누워있다.

누구던가?
바다 밑처럼 낮은 곳에서
더 낮은 곳을 향해
온몸을 불살랐던 이는.

정월 대보름 풍경

얼어 죽기 딱 맞춤한 밤
한 줌 나눌 길 없는
체온은 오갈 데 없이
내 몸 안에 갇혀있다

내 삶과 아무 상관없던
왁자지껄한 지신밟기나
활활 타오르던 달집

쥐불놀이 깡통이 밤하늘에 남기던
둥그런 불의 궤적으로
사라져버리고 나면

마지막 진저리칠 힘도 없는
공원 벤치 위 헐벗은 몸뚱이에
구름 사이로 언뜻언뜻한
달빛의 재 창백하게 쏟아진다.

화장지

불볕 더위도
혹한의 눈보라도
모두 새겨 넣은
내 나이테
드르르 풀거나

눈부시게 하얀
내 몸도 싫어
아름드리 푸르렀던
옛날 그 모습으로만
돌아가고 싶다는

첩첩이 쌓인
소박한 내 꿈
한 장씩 뽑아

온갖 욕망의
냄새나는 찌꺼기를
닦을 때마다

문명한 사람들아
이제는 이룰 수 없는
내 꿈 한 번만
생각해 주렴.

징검다리

수채화처럼 번질 수 있었을 때는
외로움조차 아름다웠다.

하지만 이제
번지는 것들이
외로움같이만 느껴지면

나는
한 번쯤
징검다리를 생각한다.

띄엄띄엄한 것들
사이로
맑은 물 흐르는

영혼과 영혼 사이에
눈물이 흘러도 좋을
징검다리를 놓고 싶어진다.

돌 하나
건너뛰다 미끄러져
찬 물에 흠뻑 적시는
그런 다리를 놓고 싶다.

아니 차라리
내 모든 것 흘려 보내며
발시리게 서 있을
그런 돌 하나가 되고 싶다.

장갑의 기도

따뜻한 손길의
따뜻함만을
받아들이게 하소서

곱디 곱게 갈무리된
그 따뜻함

나보다 더 차가운
손잡을 때
있는 듯 없는 듯
흘러 가게 하소서

마주 잡은 손
내 손과 네 손 두남없이
강강수월래 되어

나뉘어도
나뉘지 않은 것처럼
내 오른손 왼손을 맞잡은 듯
우리 오직 하나이게 하소서.

어쩌다 잘못
한 짝을 잃거든
이 세상 어디엔가
그 한 짝 항상 있다는 걸

자꾸 잊으려는
그런 하나가
되게 하소서

제삿날

아버지 손잡고 산책 나간 밤
앞 산 그림자도 달만큼 선연한데
열 발 가다 뒤돌아보고
스무 발 가다 뒤돌아보고
숨차도록 도망가서 또 돌아보고

"아부지 왜 달은 자꾸 나만 따라와?"
"니가 이쁘니까 자꾸 따라오겠지."
"그러면 아부지는 안 따라와?"
"다 늙은 아부지를 머시 좋다고 따라오겠냐?"

달이 당신 따라오는 것조차 아까워서
나만 따라오게 하시다가
오늘은 그예 당신께서
달따라 가버리신 날.

내 안에 달 한 번 꺼내보고
내 안에 아버님 한 번 꺼내보면
촛불도 영정도 그렁그렁
하냥 달무리져만 보입니다.

뱀

나 항상 긴다
가장 낮은 곳을

하지만 떨어져도
부러질 발이 없어

나무 꼭대기까지
마음 놓고 오르기도 한다.

해바라기

정열의 자리가
맹목과 허무의
사이라 할지언정

모조리
태워버리고 남은
잿빛 씨앗 안에

한 바람
뜨거운 숨길
남기지 않았다면

더 이상
해바라기가
아니었으리.

거미

지름 두 자
방사상의 투명한 창
내가 세상을
내다보는 전부다.

너무 비좁다고?

날개 달린 것들이
창공이란
한없이 푸르른 자유만이
아니었음을 깨달을 때엔

바람조차 걸려야 하는
하늘보다도 넓은 창이다.

향기도 독

거리마다 온통
아카시아 향기
자욱하고

향기도 독
독도 향기

나 깨어나고
싶지 않았느니
독에 취해.

너도
아카시아였던
그 봄날.

땅끝

달리다 지쳐
바다에 멈춘 것은
잠자는 누에머리

거센 파도에
한 잠씩
허물을 벗고

뙤약볕에는
다복솔도 검푸르러
온몸을 그을린다

그 끝에 서면
잠 깬 누에처럼
새롭고만 싶어

한 발짝만
더 내디디면
나방이 되어
날아오르련만

봄은 말 듣지 않고

자르고 싶은
삶의 끈에는

밤이슬 그냥 맺혀보고
내 눈시울에도 맺혀보고

갈수록 맑아져서
서러운 내 마음

팔월 어느 밤
귀뚜라미 울음에 묻혀가는

배롱나무 붉은 낙화가
부러울 뿐

가자 돌아가자 하여도
무더운 여름 밤은

하루가
한평생

불꽃놀이

불
쏟아지는지

밤
쏟아지는지

모를
불꽃

하늘 밖까지
닿을 것 같았지.

끌래야
끌 수 없던

가슴 터져 올라
미리내 되어버린
사랑 같았지.

불꽃!
사랑!
오라! 나에게
타는 입술로

불꽃!
사랑!
머물러라! 숨막히는
화약향기로.

불꽃!
사랑!
사라져라! 블랙홀
푸른 연기로.

자유

머리는
뎅겅 잘라서
모니터 안에
쑤셔 넣는다

손목도
싹둑 잘려
마우스만
꽉 쥐고 있다

비로소 몸뚱이
의자에서
흘러내린다
자유스럽게.

한계령 단풍

겨울 봄 여름
내 몸 구석구석
피 아닌 외로움만 흐르더니

일순간에 붉게 터져
천지간에 불지르고

허공 거미줄에 걸려
떨어지지도 못하는
낙엽 하나처럼

이 가을에는

외로운 사람만이
외로운 사람을
그리워 하나 봅니다그려

황태

올 겨울에도
대관령에서 바라본다.

눈보라에 휩쓸려 나간
내 삶의 수분이

건너편 나무에
눈꽃으로 피어 있음을

때로 맞바람 불면
눈꽃도 얼음송곳이 되어
내 살 틈 틈을 파고들고

겨우내 온갖 바람에
잿빛 외투마저
제 빛을 잃고나면

나 비로소
대관령을 넘어간다.

황금빛 봄에
눈멀어 실려간다.

달팽이

보슬비 내리는 날
뚝방길 걷다
바닥에 깔린
무수한 꼴라쥬

궁금해 들여다보니
달팽이 뭉개진 것들

외로움 외에
더 들일 것 없는 집에
평생을 웅크리고 살다.

외길에 외로움 떨치러
나섰다 남긴
외로운 해탈의 자국.

오늘의 꿈이
내일의 과거라면
누군들 오늘을
되풀이하랴?

목숨 걸 만한 일인가 보다.

모기 1

어두컴컴한 천정 모서리

포만의 유혹과
굶주림의 경계선에
나는 종일 매달려 있다

이제 갈까?
아니 조금만 더 있다?

끊임없는 살내음보다
더 잔인한 고문은 없다.

인고의 기다림 끝
살 속에 스며드는

내 가느다란 침의
은밀한 전율

조금만 더 조금만 더는
오히려 허기를 부채질한다.

타악!
천지에 피는 튀고

생애 최초의 식사는
이승의 마지막 사잣밥이었다.

본능은 피보다 붉었고
피는 죽음보다 달콤했으니

한 끼니를 위한
내 치명의 노동이여.

안개비

세상을
파스텔로 그리듯
안개비 오면

너무
가깝지도
멀지도 않게

꼭 그
그림만큼만
네게 다가서고 싶다.

네 품도
오늘은 포근하여
감싸줄 것만 같은데.

비옷
만지작거리며
창밖 물끄러미.

나
그림 속으로
들어가지 못한다.

저 비 그치면
걸어 나오기
더욱 힘들어

오늘도
액자 밖 풍경이
되고 만다.

멍게

멍게든 멍개이든
아무래도 나는 좋다.
어차피 나는 우렁쉥이니까

해면이 고요하다고
해저까지 고요하리?

나를 스쳐가는
모든 물살이
곧 나의 삶이다.

헤엄쳐야 할 동물이면서
나무처럼 뿌리내린
운명으로 속 끓이다

나는 벌겋게 달아오른
활화산이 되었다.

내 향기?
바다 밑 유황천보다
독할 때도 있느니.

헛걸음

북해의 찬 물을 가르던
강인한 발도
수척하여 하마 절반은
바닷물로 차 있으리.

수족관의 안팎이
무에 그리 다르랴만
강팍을 투명으로 감춘
유리벽에 끊임없이
헛발질을 해댄다.

빨리 안주나 되어
이슬보다 맑은
소주에 잠겨 버리리.

마지막 자선을 베풀지 모를
술꾼 하나가
버둥대는 열 개의 발을
탐색한다.

러시아 킹 크랩
이렇게도 맞는구나
서울의 봄을.

Love's shadow

To where you go
I do not ask
I shed tears with owe
Only under the mask

Life from dust to dust
Love from future to past
Shadows just follow
Dose follow love's shadow.

사랑의 그림자

너 어디로 가는지
나 묻지 않는다
나 슬픔의 눈물을
가면 뒤에서 흘릴 뿐

삶은 티끌에서 티끌로
사랑은 미래에서 과거로
그림자는 오직 따를 뿐
사랑의 그림자도 따라갈 뿐.

향수

늘 켜져 있는 등보다
점멸등이 더 강한
신호이듯이

붙박혀 있는 것보다
있는 듯 없는 듯의
소중함을 잊지 않게 하소서.

당신은 늘
오직 하나이고픈
내 향기로만 머무소서.

그렇듯
나는 듯
마는 듯.

겨울비

찌뿌린 하늘은
우울한 지상을
수직으로 격리한다.

비 맞는 유리창은
겨울 밤새워
나를 응시하고

절망보다 차가워라
눈송이 되기 전에
제 무게 못 견디는 물방울들은

하지만 창마다 맺힌 눈물
해넘이적 빛 한 톨 이미
떡잎으로 숨겨져 있었으니

낙타

달도 뜨지 않는 밤이면
내 그림자와도 헤어지리니

해가 지거든
사막에 흘려 두었던
내 그림자 찾아 가야지

어차피 삶은
내 등에 실린 짐이었으며

여지껏 걸어온 내 발자국들
모래바람에 지워진
사랑의 흔적이었으리니

다시 아침이 밝아
등짐이 지워지기 전에

뜨거운 모래알 틈새마다
화인했던 그림자를 찾아 가야지

마지막 절규도 없이
미끄러져 무릎 꿇을지라도

모래언덕에 흘러 내리던
긴 그림자 찾아 가야지

멸치

푸르른 바다
은빛 구름으로
떠 다니다.

먹이사슬의 맨 밑바닥 구실로
이름도 고상한
민어 능성어 다금바리
뱃속에 장 당하기도 하고

가당찮게
아니 참으로 가당하게
능멸할 만한
그 이름 멸치를 얻어

자취없는 액젓이나
흔적없는 국물로
사람들 비위나 맞추다
사라지거나

대가리나 배알도 없이
뜨겁게 볶이다
허연 맥주 거품으로
뒤발을 한다.

하지만 우리 어머니께서 이르시길
"아가 명절날 백화점 가면
죽방인지 뭔지 엄청 비싼
귀족멸치도 있다더라."

부엉이 바위

모두 용서한 지 오래건만
용서받을 것들은
살아갈수록 쌓여만 간다.

부엉이 살아 부엉이 바위에서
내 잠시 깃들였던 집을 향해
부엉이 되어 소리없이 날으리.

내 가슴 솜털 뽑아
보금자리 만들어
온갖 새끼들을 길렀던 그 집.

그 집으로 날아가리.

하지만 바로 눈앞의 집이
그렇게 멀다면

조그만 내 몸뚱이 하나
누이지 못할 만큼
지척이 그렇게나 멀다면

내 마지막 죽지 깃도
뽑혀져 나갈 때까지
날다가 떨어지리

동은 이미 텄고
혼은 깃털보다 가벼우니
몸 또한 바람보다 가볍다.

*부엉이 바위
고(故) 노무현 전 대통령께서
투신하여 서거하신 생가 맞은편 절벽바위.

단풍나무

지난 봄의 사랑일랑
낙엽으로 떨구어 낼 일이다
행여 나이테에 새길 일은 아니다

새겨 간직하는 것은
몸피를 불리는 게 아니다.
단단한 옹이의 굴레는
차라리 자학이다.

높고 넓은 하늘사랑
뜨거웠던 햇빛사랑
흔들림 없던 땅사랑
모두 다 한 철인 것을

단풍나무는
올 한 해도 저를 살아내려고
피눈물마저 저리 타오르며 흘리는구나
벗어가는 모습마저 소름이 돋는구나

"얼마나 더 늙어야
사랑이 전율로 다가오지 않을런지"
두런두런 혼잣말을 하는구나.

모기 2

나 비록
민들레 씨앗으로
날아 왔지만

떡갈나무 낙엽처럼
비장하게
네 피를 빤다

쉬잇!
깨어나지 마

목숨 걸고
한 끼 식사를
해보지 않았다면

타악!
핏빛
꼴라쥬.

하이쿠
습작

하이쿠

우전차 한 잔
열일곱 자 문자향
스미어 있다.

파초

파초잎 뒤에
청개구리 한 마리
소나기 피해.

고흐의 자화상

나도 모르게
내 귀 만지게 하는
눈빛, 그 불꽃.

조개구이

우레보다도
더 무거운 침묵을
떠드며 굽다.

얼음 폭포 1

흘러 꿈꾸다.
때로는 멈춘 채로
돌이 되고파.

얼음 폭포 2

돌이 되고픈
봄 되면 녹아 버릴
불투명한 꿈.

얼음 폭포 3

직립을 향한
다시 또 누울망정
물이 꾸는 꿈.

꽃샘추위 1

눈은 꽃이고
눈꽃 속 하얀 목련
꽃은 눈이네.

꽃샘추위 2

꽃이 되고파
동백꽃 위 붉은 눈
밤새 내렸다.

석류 1

뜨거운 햇빛
빨강으로 結晶된
냉정한 화염

석류 2

가슴 저미고
나온 빛 그 시고 단
금단의 키스

부부

같이 잠들고
같이 간다는 착각
같이 깬다면.

나목

모조리 벗은
땅들, 하늘만 입다
터뜨린 함성.

술

하냥 꺼지지
않을 물, 물, 속에서
타오르는 불.

권태

나는 내일도
소름돋게 똑같은
숨 쉬는 화석.

달맞이꽃

달빛 품으려
밤마다 벙그리면
달이 되려나.

석산

만나지 못해
터진, 땅 속 깊은 곳
그 붉은 울음.

산수유

쏟아진 별빛
다시 오르지 못해
꽃 되어버린

무인도

떠 있지 않아
물보다 더 깊은
뿌리 있으니.

포도주

제 몸뚱이 빛
정염 어쩌지 못해
술 되어버린.

보름밤

몸뚱이보다
밝아 더 시리구나
그림자들아.

분수

무지개 아님
중력을 거스르지
않았으련만.

진달래 1

내 사랑에게
꺾어 드리니 온 봄
진달래 송이

진달래 2

지르자 산불
사랑도 재인 것을
질러버리자.

진달래 3

흐드러지게
꽃술마저 태우고
흐드러지면

진달래 4

켜켜이 쌓인
가슴 속 새까만 재
봄비에 씻고

진달래 5

한 해 잊었던
망각이 더 서러워
또 불지른다.

고추잠자리

바지랑대에
매달린 막불겅이
날으는 단풍

등꽃 아래

향기도 독침
놀라 잠 깨어보면
연보라 폭포

Epilogue

하나 어떤 아름다움이나 비참함도

있거나 잊혀지거나……

망각을 또한 마지막 축복으로 여기소서.

2016년 8월 8일

벌써 잊혀진

시인 **申秀** 드림